上班N年後，之是三明天的我更努力

U0544894

(´-ε_-`)

Phoebe Fu 菲比 著

星期一的布魯斯團隊 繪

NO GAME NO LIFE

# Cont

| | | | |
|---|---|---|---|
| 4 | | | 前言 |
| 6 | Chapter 1 | ✨ | 手遊再怎麼抽,還是抽不掉<br>我貢獻給工作的靈魂 |
| 24 | Chapter 2 | ✨ | 每上班一天,都覺得度日如年 |
| 40 | Chapter 3 | ✨ | 人生就是一連串的「餘額不足」 |
| 52 | Chapter 4 | ✨ | 屋漏偏逢連夜雨 |
| 66 | Chapter 5 | ✨ | 沒有手機的日子 |
| 82 | Chapter 6 | ✨ | 遭竊的辦公室 |
| 94 | Chapter 7 | ✨ | 每個月最快樂的一天就是發薪日 |
| 112 | Chapter 8 | ✨ | 緣分到了,<br>錢就自然存夠了(才怪) |
| 130 | Chapter 9 | ✨ | 認真工作就是為了<br>享樂的那一刻 |
| 152 | ·番外篇· | ✨ | 追星的日子 |

e     n     t     s

### 人物介紹 Character & Item Introduction

| 16  | 布魯斯 BRUCE |
| 16  | 魯失特幣 LOST MONEY |
| 17  | 史達博 STABLE |
| 17  | 蘿蔔超人 RPG |
| 32  | 阿酷 COOL |
| 32  | 海特 HATE |
| 33  | 呱克 CROAK |
| 33  | 將軍市 CARROT CITY |
| 92  | 博斯 BOSS |
| 93  | 昂炭 ON TIME |

### 彩蛋短篇 Easter Egg

| 50  | 一年四季的布魯斯 |
| 64  | 布魯斯的內心小劇場 |
| 80  | 社畜最討厭的一天 |
| 110 | 夢想中的宅在家時光 |
| 111 | 公司大人們不在的日子 |
| 128 | 大家不為人知的小祕密 |

| 前言 |

第一本書籍完成後,
其實對續集就已經有了一些初步的想法。
起初是將自己平日的生活,
以布魯斯的視角帶入,
像是讓他體驗玩手機遊戲,
想像他大概會不小心沉迷於此……
希望他適可而止,
卻又不知道該怎麼幫他(雖然是我讓他玩的)。

生活裡有很多矛盾,
像是一邊想花錢,一邊想存錢,
要達到美好的平衡非常不容易,
因此我也期待讀者們能在閱讀中,
找到與自身有所共鳴的部分。

不知不覺，布魯斯已經陪伴我三年了。
他從一開始的孤軍奮戰，
到逐漸有了史達博、阿酷等夥伴。
或許他的心境會隨著這些改變而有所成長吧。
遲早有一天，希望能讓布魯斯露出笑容，
這也算是我心中的小小心願吧。
祝大家即使深陷工作的痛苦之中，
依然有偶爾發自內心笑出來的時刻。

【特別感謝】
這次最想感謝的，是星期一的布魯斯團隊，
包含銷售及平面設計全體同仁，
而這次書籍的主繪師麥戈 Magger，
人和作品一樣都散發著溫暖的氣息。
尤其在截稿前我突然想修改文案，
非常感謝麥戈無條件地配合我改圖。

最後，再次謝謝所有願意讀完這本書的讀者，
因為你們的支持，我才有動力繼續努力下去。

Phoebe Fu 菲比

# 1

## 手遊再怎麼抽，還是抽不掉我貢獻給工作的靈魂

「怎麼⋯⋯又卡關了？」
布魯斯指的不是令他感到厭世的工作，
也並非那平淡無奇的人生，
而是最近所沉迷的手機遊戲（？！）

START

布魯斯の小 murmur

工作能力輸給你，就在手機遊戲裡贏回來！

星期一

又是一個美好的早晨，
自從好好面對自己的內心、
找回工作與生活之間的平衡之後，
布魯斯對星期一已經沒有厭世的感覺了
⋯⋯才怪。

沒有任何一個上班族會喜歡週一。

不過,今天的布魯斯起得特別早,
不是為了上班,
純粹是他最近在玩的
「蘿蔔超人 RPG 手機遊戲」今日更新。

好不容易下載完軟體,鬧鐘也響了,
只好逼自己打起精神去搭地鐵,
準備開啟「真・社畜」的一天。

家裡距離公司有半小時車程,以前光想到都累了,
現在卻覺得有點幸運,
因為趕上地鐵後,就可以玩一整路的手遊。

「哇!是新的武器——蘿蔔劍,
　如果擁有它的話,攻擊力加 20,
　就可以突破第 10 關了。」

想到這裡的布魯斯樂呵呵地笑了出來,
卻沒發現自己錯過了該下車的仕事站,
待他察覺時已經來不及,
只好趕忙到對向的月台搭地鐵返回。

登愣——

已經遲到的布魯斯，
今天沒有時間去買呱克咖啡了。
只見他躡手躡腳地走到打卡機前面，
「咔」一聲，8:52 分，
他以為神不知鬼不覺，
殊不知主管海特早就在等他了。

「布魯斯!這個月第幾次了?」
海特看起來相當不悅。

「……2 次?」布魯斯心虛且小聲地呢喃。
「5 次!已經 5 次了,你最近到底在忙什麼?
　再遲到我就要把你這個月的業績獎金取消。」

聽到這裡,布魯斯不禁打了一個冷顫,
看來這個月真的不能再遲到了。

13

坐在隔壁的後輩,
也是布魯斯為數不多的好友史達博,
則是對布魯斯流露出關心(和一點同情):

「布魯斯,你還好嗎?
　不會又是那個手遊害你遲到的吧?
　要不要考慮刪掉它?」

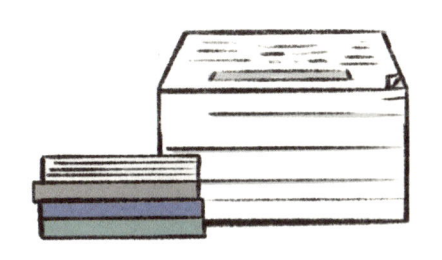

「刪掉！？當然不可以⋯⋯
　我只要再多克制自己一下就沒問題了。」

布魯斯在成年之後意外迎來了叛逆期，
並且悄悄在內心為自己打氣。

## 布魯斯 BRUCE

本書主角，壓力太大及過度疲憊時毛色會由白轉灰。即使不想上班還是每天都認分地工作，直到他開始接觸了手遊……

生無可戀……

唉～

## 魯失特幣 LOST MONEY

布魯斯世界中的錢幣。
簡稱魯幣，錢幣同英文一樣容易失去、難以留住。

## 史達博 STABLE

布魯斯隔壁同事兼後輩,雖然是後輩,但因為工作能力相當優秀,布魯斯有問題時也常常向他請教。

## 蘿蔔超人 RPG

布魯斯世界裡最流行的新手遊,每個關卡大約 10~20 分鐘可以破關,吸引了許多上班族跟大學生在通勤或零碎時間遊玩,遊戲本身提供免費下載,但每個月推出的新裝備或角色造型則需使用「魯失特幣」儲值,才能抽選取得。

時間來到下午 5:30，工作結束後，
布魯斯準時下班打卡，飛快地離開公司。

踏上地鐵的瞬間,
他幾乎是用反射動作點開了蘿蔔超人 RPG,
進入新武器抽選的頁面,
畫面立刻跳出「免費 10 抽」的按鈕,
布魯斯滿心期待地點下去,微微瞇著眼睛,
眼前卻出現一堆高麗菜、黃瓜之類的爛武器。

果然要拿到新出的 SSR 蘿蔔劍沒有這麼容易⋯⋯
布魯斯心想。但他已經沒有免費的遊戲幣了。

此時，他看到了一旁的儲值按鈕，
散發著一股危險的氣息，
200 魯幣、400 魯幣、600 魯幣，
這金額看起來似乎沒那麼可怕，
他決定先用 200 魯幣來試試水溫，
抽到就當賺到，
但一切並不如布魯斯所想得那樣順利，
200 魯幣、再加 200 魯幣……
都已經要出站了，他卻依然不甘心。

閃閃發亮!

目前已經花了 800 魯幣,
再這樣下去,這個禮拜的生活費就沒了。
還好就在此時!

布魯斯總算抽到心心念念的蘿蔔劍了。

越晚越有精神……

接下來就可以安心休息了吧……
（怎麼可能 ^^）
好不容易拿到新武器，
當然要試玩一下呀。

等到布魯斯終於昏昏欲睡，
時間已超過半夜 12 點了。

# 2

## 每上班一天，
## 都覺得度日如年

提醒自己要早睡才有力氣工作的布魯斯，
到了晚上卻精神越來越好，
而新的問題也隨之浮現……
比方說，明明在聊令人開心的旅遊，
布魯斯卻因為某些原因而轉成了黑色？

**布魯斯の小 murmur**

只有上班能讓我體會到累得要死、
又賺不到錢的感覺。

早上的鬧鐘今天特別讓人煩躁，
布魯斯都還沒起床就感受到身體的疲憊。

「昨天應該早點睡的，
　而且今天不能再遲到了。」

再加上此時，布魯斯想起了獎金。

睡眠惺忪……

果然只有錢能讓他重獲動力，
他趕緊洗漱後就出門了。

而新的武器讓關卡變得輕鬆多了，
看起來很快就可以順利拯救公主。
為了避免像上次一樣坐過站，
布魯斯聰明地多設定一個下車的鬧鈴，
接著和平常一樣，買完咖啡後抵達了公司。

但由於昨天太晚睡的關係，
連咖啡也拯救不了布魯斯的睡意，
他的眼皮越來越重、越來越重……

「布魯斯 …… 布魯斯！
你再睡下去，等等海特就過來了！」

史達博將布魯斯搖醒。

布魯斯發現再這樣下去不行,
他精神不濟到無法好好工作了,
今天必須早點睡才行。

搖頭晃腦……

快醒醒!

下班後的布魯斯,因為想回家玩手遊,
便拒絕了和史達博一起去居酒屋的邀約。

「你最近都沒有去居酒屋露臉,
　阿酷都有點擔心呢,改天還是抽個空一起去吧。」

布魯斯心不在焉地點了頭,
就提著公事包趕回家。
今天又順利通過了 3 關,差不多該睡覺了,
但因為晚上一直在玩遊戲的關係,
以前總是一碰到床就關機的布魯斯,
現在卻亢奮到睡不著覺。

## 阿酷 COOL

布魯斯下班後常光顧的居酒屋老闆，拿手料理是紅蘿蔔拉麵。曾經與布魯斯、史達博兩人約定過，要一起去紅蘿蔔聖地「將軍市」旅遊。

## 海特 HATE

和全世界的主管一樣討厭。

Character & Item

# 呱克 CROAK

布魯斯公司附近的咖啡店老闆，呱克的咖啡是提振布魯斯精神的祕密武器。

# 將軍市 CARROT CITY

盛產美味好吃的紅蘿蔔，是布魯斯生平第一次出國旅遊的地點，需要搭飛機才能抵達。

美味 Delicious

布魯斯的情況就這樣惡性循環下去，
直到某個禮拜五晚上，
史達博再次邀請他去居酒屋聚餐，
雖然布魯斯很想回家玩遊戲，但是他忍住了，
畢竟已經拒絕太多次，
而且好久沒吃到阿酷的招牌拉麵了。

布魯斯想到這裡突然覺得有些愧疚。

不好意思拒絕……

藏不住的喜悅～

到了居酒屋，
阿酷看到布魯斯後開心地說：
「哇，真是稀客！好久不見，布魯斯你總算來了。」
許久未見的阿酷熱情地開始倒酒。

「對了，上次說要去旅遊的事，
　我們是不是該開始準備啦？」

一聽到阿酷這麼說，
史達博蓄勢待發地將備忘錄打開，
「機票加飯店大概是這個費用⋯⋯」
布魯斯聽到金額卻立刻陷入了沉默。
怎麼這麼貴？
是因為上次飯店並非溫泉旅館，
所以費用便宜很多嗎？

之前沒有什麼理財習慣的布魯斯，
飛快地在心裡打起了算盤，
可惜數學不會就是不會，
以前明明從來不曾煩惱過支出的。

留意到布魯斯面有難色的樣子，
史達博跟阿酷都擔心了起來，
他們並不知道布魯斯真正煩惱的是錢。

「是不是不喜歡這樣的行程？」
布魯斯聽完急忙表示這個行程他很滿意。

但是他內心卻因為最近花太多錢在手遊上，
而漸漸累積了不少壓力，
又無人可訴說(´•ω•`)

搖頭……

就在此時,布魯斯身體又開始變成黑色,
嘴巴上說著沒問題,身體卻很誠實,
這也讓史達博跟阿酷不敢繼續聊旅行的話題。

聚餐匆匆結束後,
史達博與阿酷多喝了一杯,
他們看著彼此自問:

「布魯斯……是不是不想跟我們出去玩?」

# 3

## 人生就是一連串的「餘額不足」

因為沉迷手遊而開始課金的布魯斯，
陷入了惡性循環，上班時間也變得精神不濟，
此時連主管海特都盯上了布魯斯，
再這樣下去，別說是獎金，
連飯碗都有可能不保！

**布魯斯の小 murmur**

遇到錢沒辦法解決的問題，
是因為你需要更多錢。

今天是美好的星期六,
剛起床的布魯斯發現自己的身體依然是黑色的,
但他並沒有太在乎這個小徵兆,
因為終於可以玩手遊一整天了。

叮叮~

只要休息一下應該就會恢復了。
如此說服自己的布魯斯，迫不及待地點開遊戲。

沒想到才過了幾週，就又推出了新武器
──紅蘿蔔大砲！
相比之下，
上次花錢買的蘿蔔劍突然變得沒那麼厲害，
畢竟新武器看起來強多了，攻擊力也更高，
這也讓卡在 20 關的布魯斯，
再次陷入「要不要課金」的煩惱中，
但是一想到接著還要跟阿酷他們出去旅行，
他就強迫自己打消了這個危險的念頭。

經過一整天的努力，布魯斯終於過關了，
但一到下一關，他很快又敗下陣來，
嘗試好幾次，連天色都暗了……

他卻依然只得到 Game over 的畫面，
布魯斯總覺得這似乎在諷刺自己的人生一樣⋯⋯

45

直到視窗跳出了抽武器廣告，
果然心靈脆弱的人特別禁不起誘惑，
布魯斯心想：200 魯幣應該沒差吧？

再 10 抽好了⋯⋯再 10 抽我一定抽得到，
布魯斯內心的慾望，
早就讓他把花多少錢這件事拋在腦後了。
這一次，他的薪水都還沒入帳，
荷包就已經縮水不少了。

餘額未增加

而上班時間的布魯斯依舊精神不濟，
他也跟過去一樣，
白轉黑、黑轉白地循環著，
連史達博都束手無策了。

雜亂無章～

開啟了一陣「鼠」落～

海特也終於發現不對勁，
便將布魯斯叫到了會議室，
嚴肅地告訴他現在的狀態已經嚴重影響工作，
他已經有好一陣子都沒有談成新案子了，
再這樣下去別說是獎金，
連飯碗都有可能不保！

這次的突發事件驚醒了布魯斯,
他開始害怕又焦慮。

下班後便跑到居酒屋向阿酷訴苦,
但這件事怎麼解釋都是布魯斯個人的問題,
即使阿酷再講義氣,都沒辦法幫布魯斯說話了。

# 一年四季的布魯斯

### 春季
寫下新年新希望⋯⋯一年結束後卻一項都沒完成。

(非靜止畫面)

### 夏季
即使開了冷氣一邊吃冰，還是一動都不想動。

### 秋季

想和身邊的酷朋友一樣去露營,卻發現自己連帳篷都買不起。

想躲在被窩裡開電暖爐來暖暖身子,
卻發現電線不夠長。

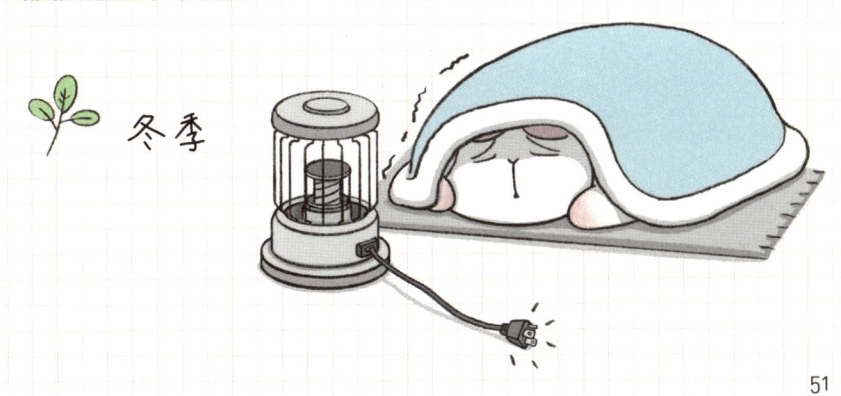

### 冬季

# 4
## 屋漏偏逢連夜雨

布魯斯在不知不覺中,
和阿酷、史達博之間有了誤會,
都還來不及擔心搖搖欲墜的人際關係,
卻突然面臨了「沒有手機可用」的窘境!

布魯斯の小 murmur

無能者過勞,能者過勞死。

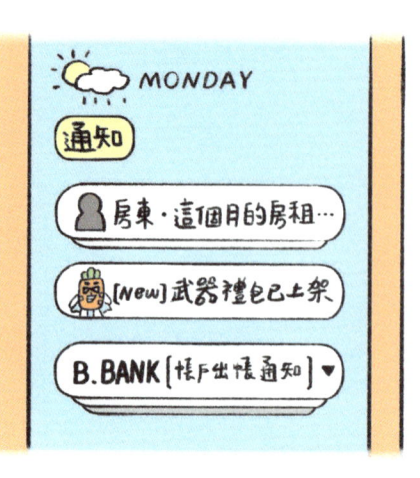

由於挨罵後心情低落，
布魯斯也沒什麼心情再玩遊戲。
這陣子一下班就是打遊戲，連泡澡時也不例外，
回想起這幾個月花在手遊上的錢，
幾乎都快養不活自己了⋯⋯

想到這裡，房東突然傳來了訊息：
「這個月的房租記得要繳唷。」

簡直是雪上加霜,
原本就不富裕的生活變得更悲慘了,
但是該繳的錢還是得繳,
該給你的絕望老天一個都不會漏。

布魯斯悲傷地看著自己的荷包,好瘦……
跟自己的身材截然相反。

由於海特的警告，布魯斯稍微收斂了一些，
沒有在上班期間打瞌睡，
也比之前失去動力時更認真，
但仍然放不下遊戲的他，
每晚都在努力克制自己想點開手機的小手手。

而沒神經的布魯斯竟然完全沒有發現,
史達博已經有好一陣子沒約他去居酒屋了。

叮咚！

您有新訊息！

之前在將軍市結識的料理店老闆——瑞比，
突然傳來了一則訊息給布魯斯，
分享自己研發了新口味咖哩的好消息，
還詢問了布魯斯什麼時候要再來訪。

布魯斯才發覺自己都忘記上次到戶外散步、
悠閒喝杯咖啡是什麼時候了。
此時，布魯斯想起
之前答應史達博與阿酷的旅遊計畫。

美好的幻想～

但當他打電話給阿酷時,
阿酷卻顯得略為冷淡:
「旅遊喔,
　我還以為你沒興趣就和史達博先取消了。」

原來上次聚會，
布魯斯沒有說出真正的問題，
而導致了誤解，
又委屈又難過的布魯斯，
因為快要沒錢了，也沒辦法馬上答應他們。

還不巧遇到梅雨季，
沒帶傘的布魯斯只好淋著雨趕回家。

落湯兔……

最近因為熬夜，布魯斯上班時間都在苦撐。
加上亂花錢的關係，
他已經吃了好一陣子的超商御飯糰了。

布魯斯一邊回想史達博和阿酷的冷淡態度，
又憶起上次去泡溫泉大家是多麼開心……
他眼眶泛著淚水，而下雨天讓眼前變得更加模糊，
布魯斯一不注意就打滑了。

滑倒的布魯斯手腳被擦傷，但這不重要，
要緊的是他的手機因為跌倒力道而飛了出去，
就在他奮力起身要跑過去拯救手機時，
卻有一臺車子無情地經過，
當他趕到手機身邊，螢幕已是一片漆黑與裂痕。

屋漏偏逢連夜雨，布魯斯身上的毛髮都沾上了雨水，
在連續的打擊下，布魯斯再次變成黑色。

# 布魯斯的內心小劇場

平時不是在發呆,就是在胡思亂想的布魯斯……

真想像鳥一樣自由。

一隻鴿子在布魯斯家的窗前停了下來。

包裹裡的信件，上面寫著大大的幾個字……

回想起不小心衝動消費的自己，
布魯斯獨自流下了兩行淚水。

# 5
## 沒有手機的日子

突然沒手機可用的布魯斯，
生活迎來了巨大的變化，
人際危機卻在他沒察覺時悄悄展開，
布魯斯決定要去挽回這一切。

布魯斯の小murmur　大家都說錢買不到自由，
　　　　　　　　　但老闆買到我了。

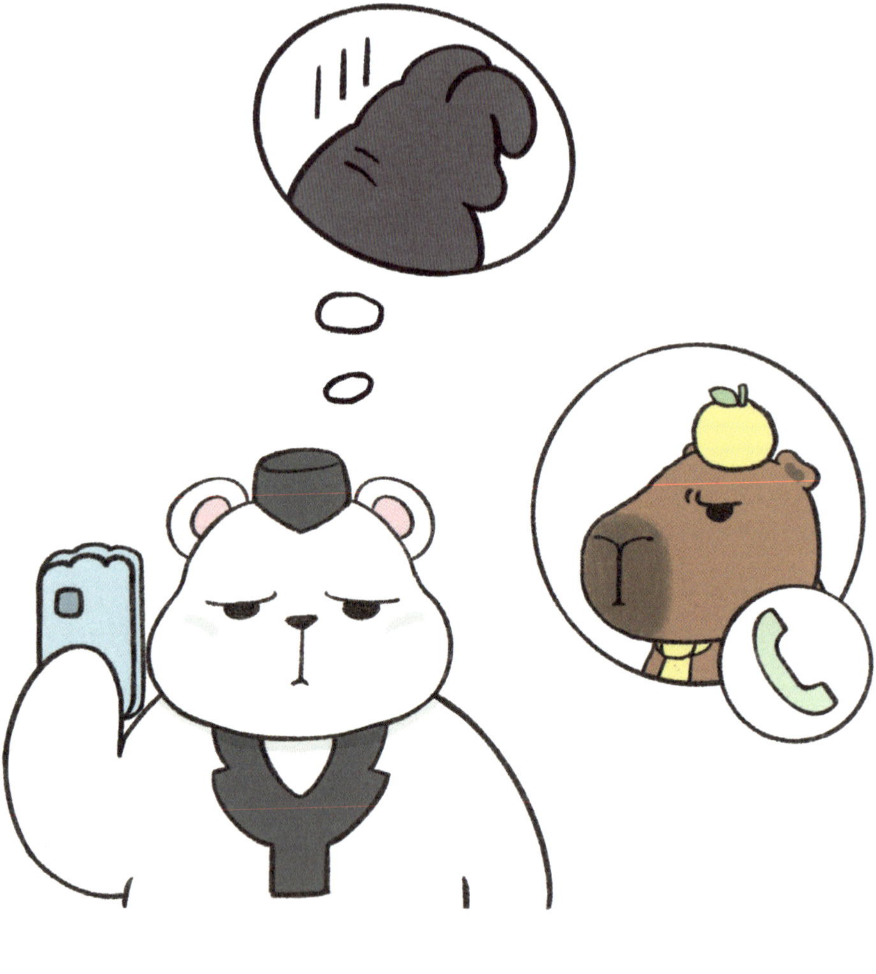

某天,阿酷打給了史達博,說道:
「我們最近是不是對布魯斯太冷淡了啊?」

「但我看他上班都滿正常的,
　唯一不一樣的是下班後變得很急著回家,
　大概又是要玩手遊吧⋯⋯」

一向情緒穩定的史達博難得有了小脾氣。

阿酷沉默了一陣子,接著說:
「布魯斯前幾天回家的時候很失落。」

聽完,史達博也安靜下來,愧疚地想著,
或許布魯斯有什麼難以說出口的苦衷吧?

掛上電話後，史達博急著再撥了一通給布魯斯，
但話筒內只傳來「目前對方無法回應」，
連打了三通電話都無人接聽。

大概又沉浸在遊戲世界裡了吧！
這下史達博真的生氣了。

「請稍後再撥……」

依舊是黑色的布魯斯，隔天來到了公司，
一直想找機會和史達博說開，
但不知道史達博為何看起來這麼生氣，
也不願意與布魯斯交談。

而手機壞掉這件事，除了布魯斯以外，
沒有其他人知道。

無視～

下班後的布魯斯急忙跑到手機維修店,
「這個裂成這樣,不會是被車輾過吧?哈哈哈哈……」

法鬥店員一邊檢查,一邊開著玩笑。
布魯斯勉強擠出敷衍的笑容,完全不想回應。

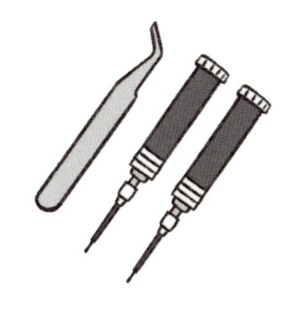

店員只好默默確認了一下手機狀態：

「這個沒辦法修了，機型太舊，
　沒有替換的零件。」

於是對方推薦了幾支架上的新款，
容量高，還有很多新功能，
但布魯斯一瞄到價格，炙熱的心就涼了一半。

沒了手機的布魯斯，
回到家突然不知道要做些什麼好，
這時他才留意到自己黑色的身體，
已經好幾天沒有恢復了，
工作上被海特多次警告之後，也不敢請假休息。

無所事事～

接著他轉身看到桌上那一疊旅遊書，
再次難過了起來，他覺得很對不起阿酷和史達博，
明明這個旅遊是他發出邀請的。

布魯斯決定打開塵封多時的筆記本和旅遊書，
開始試著寫下行程規劃。
這樣他們一定能諒解我的！

週六的布魯斯瞎違多時沒有在家耍廢，
而是跑到呱克的咖啡廳去求救。

呱克熱心地答應了請求，卻突然有個疑問：
「不過，你怎麼不用手機軟體來記錄呀？」

此時，悲從中來的布魯斯，
娓娓道出自己手機壞掉的經過。
他的薪水光是要支付生活費就很吃緊了，
大概要撐到下個月才能換新手機。

和布魯斯的人生一樣
破破爛爛……

呱克相當驚訝：
「沒有手機不是很不方便嗎？
　這就算了，那你的旅遊資金呢？」

布魯斯這時才發覺，即使規劃好行程，錢不夠也沒用。
呱克無奈地和受到打擊的布魯斯提議：
「不然你把規劃好的行程先給史達博和阿酷看看？
　等到秋冬正好適合泡溫泉和吃蘿蔔不是嗎？
　現在開始存錢還是有一線希望的！」

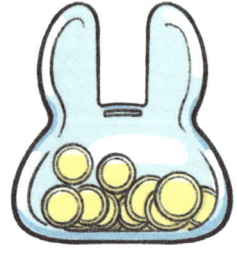

經過呱克一整個下午的指導與鼓舞，
布魯斯的行程終於有模有樣了，
呱克默默地掉了一滴感動的淚水，
但還是對布魯斯耳提面命，
提醒他要事先做好各種準備。

# 社畜最討厭的一天

開會當天,
才知道今天要報告業績進度。

只好留下來加班……

熱到快融化
ＱAＱ

午休時間被主管指派去跑腿,
不得已在大熱天底下幫客戶買冰咖啡。

緊急要印會議用的文件，
卻遇到影印機卡紙。

用力拉扯！

在會議上老闆竟然把上週的結論推翻，
工作又要從頭來過了。

好想離職……

# 6

# 遭竊的辦公室

某天的上班日，辦公室比以往都還要熱鬧，
原來是貓老闆的金鯉魚擺飾不見了！
而大家卻紛紛懷疑起了史達博，
布魯斯該如何解決這個危機？

布魯斯の小 murmur

上班領的不是薪水，是精神賠償金。

關係破裂？！

又過了一個禮拜，
布魯斯與史達博、阿酷
三人間的友誼裂縫還沒消除，

布魯斯不僅錯過了和他們解釋手機壞掉的時機，
史達博與阿酷甚至以為他們被布魯斯給封鎖了。

某天上班時,
辦公室似乎特別熱鬧,
布魯斯抱著吃瓜的心態,
在一旁偷聽,
原來是老闆辦公室的金鯉魚擺飾不見了。

一片狼藉……

又因為地上充滿水漬與衛生紙,
大家開始懷疑是海洋生物偷的,
這時突然傳來一句:
「會不會是史達博啊?
　他上班的時候不是在泡腳嗎?」

大家把焦點投到史達博身上，
即使反駁，
但只要有人開始帶風向，
你就難以擺脫懷疑了。

此時，布魯斯生氣地站了出來：
「不可能，雖然沒有證據，但是我相信史達博！」
史達博一陣感動，不過因為布魯斯幫忙講話，
導致大家開始覺得布魯斯也有點可疑：
「說不定是布魯斯和史達博聯手呢！」

真相只有一個!

布魯斯便穿上不知從哪裡拿出的偵探服,
向同事們表示:
「我會找出偷走金鯉魚擺飾的人!」
史達博則擔心地說:
「這樣好嗎?該去哪裡找小偷?」

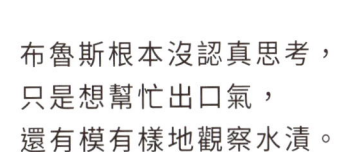

布魯斯根本沒認真思考,
只是想幫忙出口氣,
還有模有樣地觀察水漬。

有人在這邊
打鬥的痕跡?!

「你們在幹什麼？怎麼圍在這裡？」
被老闆撞見之後，大家開始急忙解釋，
是想知道金鯉魚發生了什麼事。

「喔？昨天我一邊用手沾著馬克杯裡面的水……」
這是老闆奇怪的喝水方式。

「沒有想到手機突然響了，但因為手還是濕的，
　我想拿一旁的捲筒衛生紙，
　　然後就抓了一大把，很好玩，你們要試試看嗎？」

史達博與布魯斯搖搖頭,並且詢問:
「這跟金鯉魚擺飾的關聯是⋯⋯?」

「喔,那個啊,我就跟祕書說過
東西不要放那麼邊邊,這樣很容易掉到地上,
畢竟我無法控制自己的手,不小心就把它推下去了。」

之後，祕書昂炭便很生氣地把擺飾拿去送修了，
大家心想：不要隨便把雕像推到地上啊！

果然全天下的老闆都難以理解。

「這邊在吵什麼?清潔人員要過來打掃了!
等等老闆還要趕去商務會議,
你們通通給我回座位上班。」

看來昂炭又要有一陣子不想和老闆博斯說話了。
而史達博也終於鬆了口氣。

# 博斯 BOSS

神祕的招手動作

常常板著一張臉

性格冷酷，不喜歡被打擾，情緒捉摸不定，完全隨心而行。經常會做出一些讓員工哭笑不得的舉動。

然而，他卻擁有非凡的招財能力，據說只要輕輕一揮手，財運便會滾滾而來。

是在布魯斯世界少數偶爾使用四隻腳行走的角色，也代表著他相較其他角色更保有著野性。

品種：貓科

不親人也不親動物

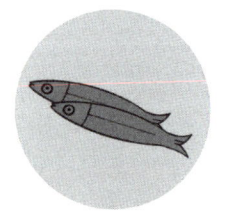

喜歡的食物：小魚乾料理。
興趣：推倒任何物品。

Character & Item

# 昂炭　ON TIME

手腳俐落

工作時相當嚴肅

因為身形嬌小，大家常常找不到他

與他的名字相同，準時是他工作的鐵律，無論任何專案，他都堅持以守時作為執行目標的首要原則。

昂炭心思纖細、邏輯清晰，能迅速將繁雜的任務整理成條理分明的清單。也因為他的出色表現，漸漸讓博斯對他產生了越來越深的依賴。

品種：鸚鵡

喜歡的食物：小米、水果。
興趣：種花種草。

# 7

每個月最快樂的一天
就是發薪日

辦公室竊案原來是一場烏龍。
以此為契機，布魯斯和史達博之間的誤會也冰釋了，
得知來龍去脈的史達博，決定幫布魯斯一把，
讓剛發下來的薪水得到最妥善的運用！

布魯斯の小 murmur

懶惰的人總是抱怨，有行動力的人馬上請假。

被趕出老闆辦公室後,
史達博很感謝在大家起疑時,
站出來幫他講話的布魯斯,
卻同時小心翼翼地問道:
「但你為什麼要封鎖我呢?」

感謝~

「封鎖？」
一頭霧水的布魯斯這時才解釋自己的手機之前壞了。

兩個人之間的心結終於解開，
決定下班後久違地一起去找阿酷聚聚。

舉杯！

聽完來龍去脈，阿酷忍不住大笑：
「你們明明坐隔壁，
　手機壞掉怎麼不直接說就好？」

沒有什麼心結是一杯啤酒解不開的，
解不開的話就喝兩杯。

豪邁的阿酷今天請大家暢飲啤酒，
眾人聊開後，布魯斯很認真地道了歉，
並拿出和呱克共同討論出來的旅遊行程表，
讓阿酷與史達博的內心都相當感動。

「走吧！去將軍市，時間要不要先定下來？
　我還要準備公告給客人呢。」
聽到阿酷熱情的發問之後，布魯斯沉默了一下：
「其實……我最近沒錢……」
不用問，史達博就猜到
布魯斯八成是把錢花在手遊上。

於是，史達博很認真地問布魯斯：
「除了那些已經花掉的費用外，
　還有沒有分期付款、賒帳等支出？」

歡迎來到理財小教室～

還好布魯斯沒有這些習慣,
有多少錢就花多少,不至於超支,
史達博便決定幫他做理財規劃,
只要幾個月,就可以存到旅遊基金與手機費用了。

在他們的鼓舞下,布魯斯的煩惱漸漸煙消雲散,
原來真誠才是友誼長存的最佳方法。

誤會解開了之後,
布魯斯的身體也漸漸變恢復成了淺灰色,
現在的難關,
是要好好遵循史達博的存錢守則才有辦法去旅遊。

在公司的發薪日當天,布魯斯難掩內心的雀躍,
一旁的史達博則是緊盯著布魯斯。

盯……✧

布魯斯只好一邊忍耐，
一邊拿出一個信封袋，
將生活費及購買手機以外的錢給封印了起來。
他決定依照史達博的建議，優先去挑新手機。
但是真正的考驗之後才要開始……

下班後的布魯斯拿著信封袋，
難掩興奮地來到了手機店。
新的手機容量越來越高，價格也變貴了不少，
呱克與史達博製作的「購買手機攻略」，
清楚寫著布魯斯的需求，加上手邊的現金只有這些，
即使店家想偷偷加費用，也沒能得逞。

不久後，店員認出了布魯斯：
「這不是上次的兔子先生嗎？
　你終於要換手機啦？之前真是讓我永生難忘。」
平常嚴肅的店員看見布魯斯手上的筆記，
便笑了出來：
「我從沒看過拿攻略來買手機的客人，
　來，我推薦這支，是上一季的旗艦機！」

直到小心翼翼核對費用跟規格後，
布魯斯才安心地付了錢。

接著,店員貼心地幫布魯斯做了資料傳輸,
因為舊手機被車輾過的關係,是透過電腦才順利完成。

喜獲新手機的布魯斯非常感動,
帶著雀躍的心情回到家中,
也久違地使用通訊軟體向史達博他們報喜,
此時,布魯斯注意到一個 APP 正在更新——
蘿蔔超人 RPG。

該點開,還是刪掉?就點進去看一眼呢?
布魯斯思考許久,依然決定點開遊戲,
玩了一下之後突然發現,新武器日新月異,
曾經花錢買的舊武器一下就變得弱不禁風,
當時如果沒有花錢就好了⋯⋯

布魯斯決定上網看看遊戲的討論版,
原來也有不花錢的玩法,
把原本的蘿蔔劍有耐心地練到最高等,
也是有辦法破關的。

猶豫不決 ing

本來沉迷於遊戲的心，
在熱度消退後就冷卻了下來，
現在的布魯斯更清楚
自己想要追求什麼樣的生活了。

遊戲成了偶爾的休閒與放鬆，並非人生的全部，
布魯斯想通之後，
便把上午封印好的錢收到抽屜裡，
為了旅遊，為了友誼，這點忍耐根本不算什麼。
布魯斯默默在心裡替自己打氣。

隔天來到公司，史達博看起來相當忐忑不安。
布魯斯便主動搭話，雲淡風輕地說道：
「雖然昨天還是忍不住玩了一下手遊，
　但我好像沒有必要在這個遊戲花錢了。」

那個瞬間，史達博覺得好像布魯斯變成熟了，
即便布魯斯一直都比史達博年長。

雲淡風輕～

擔憂～

# 夢想中的宅在家時光

打開新買的掃地機器人，
終於不用自己打掃了。

窩在沙發上玩手遊，
一邊用音響放著喜歡的音樂。

因為太想吃零食，
即使夜已深還是忍不住
去了便利商店。

# 公司大人們不在的日子

多買幾顆橘子來泡腳的史達博。

偷偷買了紅蘿蔔蛋糕當下午茶。

一抓到空檔就跑到茶水間發呆。

# 8

# 緣分到了，
# 錢就自然存夠了（才怪）

面對身為理財新手的布魯斯，
史達博「無情地」幫他刪減支出。
眼看著旅遊基金的目標數字……
布魯斯有辦法做出這麼多犧牲嗎？

布魯斯の小 murmur

人生不需要金句，需要的是金塊。

布魯斯平常的花費其實不多，
只是因為奉行及時行樂而成了月光族，
這次把部分薪水封印起來之後，
布魯斯就可以好好規劃了。

但話不能說得太早⋯⋯
現在不過是月初而已。

日復一日過去,今天已經來到 22 號,
距離月底還剩 8 天,
錢包裡的魯幣則已經快見底了,
還好布魯斯沒有把煩惱悶在心裡,
直接向史達博求助,
史達博盤點了剩下的錢,800 魯幣,
一天花 100 魯幣的話應該可以勉強度日。

看著不知所措的布魯斯,
史達博決定請他列出一天的開銷,
包含每天的咖啡、三餐、零食、宵夜……

「等等!都剩這些錢了,你還吃零食和宵夜?」
　咖啡也不可以再喝精品了,
　　改喝沖泡式或用公司的咖啡機吧!」

然而到了隔天上午，布魯斯還是忍不住，
來到了咖啡廳門口，
由於前一天史達博已經傳訊息給呱克，
請他降低咖啡等級，提供一般的美式就好，
不過布魯斯仍然後知後覺，完全沒發現咖啡比平常便宜。

午休時間，史達博則以新品當噱頭，
慫恿布魯斯到超商買午餐，省下了不少費用，
晚餐即使去居酒屋，也有阿酷把關，
共同控制布魯斯的開銷。

來一杯美式～

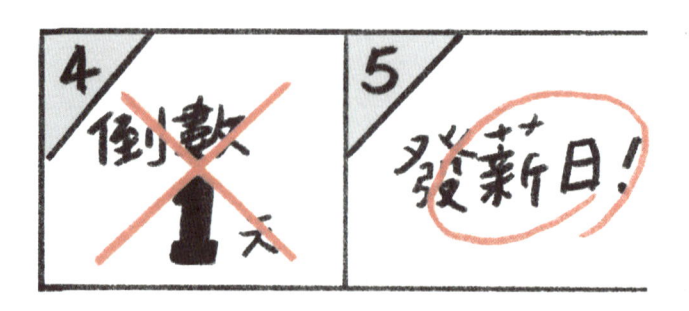

倒數 3 天、2 天、發薪日終於到啦！
之前領薪水都沒這麼開心過，
一定是因為達到存錢目標的關係。

回想起前幾週吃超商便當、飯糰果腹的日子，
不過因為好吃，布魯斯也不覺得苦。

寒酸得可憐 T_T

最痛苦的是沒有宵夜,
但這卻讓布魯斯少了幾公斤,
雖然因為毛髮厚,別人也看不太出來⋯⋯

有瘦, 只是不明顯。

除了布魯斯，史達博更是開心，
讓一旁的海特感到相當困惑，
不過，最近布魯斯上班狀況已經恢復正常，
便露出了欣慰的笑容。

回到座位後,布魯斯拿出信封,
再次把該存下的錢先封印好,
大功告成!

這個週末就可以好好來規劃旅遊了。

週六的呱克咖啡廳特別熱鬧，
因為布魯斯、史達博、阿酷一行人
正一起在討論旅遊的事。

看來上次的行程讓他們和好了，
布魯斯也恢復成白色。
呱克內心感動無比。

齊聚一堂～

試試看這杯吧!

但是不習慣喝咖啡的阿酷,忍不住抱怨:
「這也太苦了吧?你們平常都喝這個?」
這番話聽在呱克耳裡有些刺耳,
但呱克仍有耐心地端了一杯牛奶過來。

「那是你還不懂得咖啡的美味,
　初次嘗試就先從拿鐵開始吧。」

喝下溫和又有香味的呱克特調,
喜歡料理的阿酷似乎發現了新世界。

「就選這間溫泉飯店吧!」
「不,另一間雖然沒有溫泉,
 可是有浴缸,而且晚餐很高級。」
「浴缸怎麼能取代溫泉?!」

聞到了史達博和阿酷之間的火藥味,
布魯斯決定舉起手,說:
「這兩間五星級飯店,都超出我的預算了⋯⋯」

高級的飯店果然
不屬於布魯斯⋯⋯

語畢,史達博和阿酷瞬間冷靜了下來。

「也對,晚餐可以在外面吃,不一定要和飯店綁在一起。」
「溫泉再挑一天去就好,在飯店泡泡浴缸也不錯。」

經過一番激烈討論,三人終於找到折衷的辦法,
布魯斯緊張地按下了「訂購」鍵,
成功預訂好機票與飯店,
只要等到下個月,就可以出發了!

整間咖啡廳不只飄著咖啡香,
還瀰漫著
值得慶祝的氛圍。

緊張的手手……

布魯斯與史達博兩人,在星期一來到公司後,
一起遞交了請假單,雖然海特不是很情願,
還是默默蓋上了核准章。

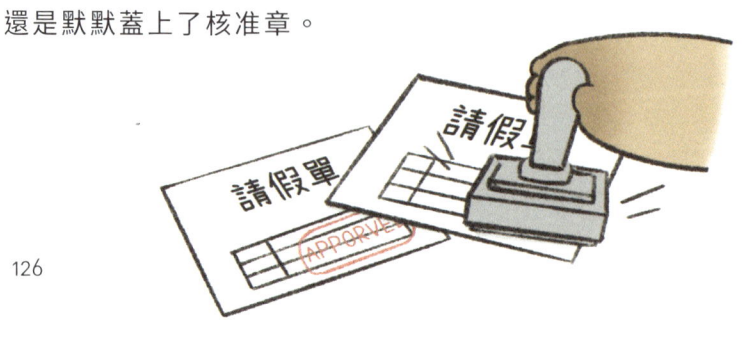

老闆博斯看到了假單後，
則興奮地詢問他們是不是要去將軍市，
此時，祕書昂炭不耐煩地探出頭說：
「老闆開會了！距離約定時間只剩半小時，快點！」
語畢就把博斯裝進箱子中用推車推走了，
臨走前，博斯仍不忘了大喊：
「記得幫我買罐頭～～～」

史達博沉默了一下，說：
「老闆上次也是這樣嗎？」
布魯斯無奈地點了點頭。

# 大家不為人知的小祕密

布魯斯有個
喜歡很久的偶像……

氣呼呼!

史達博開心或
生氣的時候會炸毛。

阿酷其實不太擅長整理東西。

一片狼藉……

海特必須要墊椅子才能工作。

# 9

## 認真工作就是為了享樂的那一刻

布魯斯一行人總算順利踏上溫泉之旅,
他們一起到處探險、盡情玩耍,
前陣子工作的辛苦都值得了。
對布魯斯來說,整趟旅程就像一場夢,
而他仍要繼續朝著現實生活努力。

布魯斯の小 murmur

看鬧鐘不是為了起床,而是看還能睡多久。

來到了旅遊當天，
布魯斯久違地戴上草帽，
與阿酷他們在機場集合。

第一次和朋友共同搭飛機的布魯斯
藏不住內心的雀躍，
他們一起喝咖啡、啤酒，還點了些紅白酒，
上次只喝蘋果汁真是太可惜了，
布魯斯在心中默默想著。

經過漫長的機上旅程,一行人終於抵達將軍市,
和上次不一樣的是,
熟悉的蘿蔔超人雕像這次被擦拭得亮晶晶的,
而且去年的觀光客還不多,現在卻是人潮洶湧。

三人在雕像前拍攝了紀念照,開啟一天的美好旅程。

已經不是初次造訪蘿蔔超人紀念館的布魯斯，
還是忍不住買了一些吊飾，
此時，館長突然認出了布魯斯：
「多虧了你，現在將軍市變得繁榮許多呢！」

眾人寒暄了幾句，就一起回到了住宿的飯店。

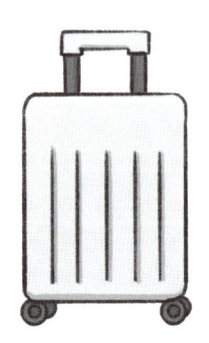

飯店簡約卻很舒適，三張床合併著，
看起來可以在上面翻滾好幾圈，
就像回到畢業旅行時一樣。

浴室有個不大不小的浴缸，
對阿酷和布魯斯來說或許有些擁擠，
但史達博倒是覺得很寬敞。

他們把行李放好後，
決定到附近餐廳享用晚餐。

三人一邊吵鬧一邊玩耍，
但因為今天的班機太早，
不到 10 點，他們就不約而同地倒在床上斷電了。

出去玩從來不賴床的布魯斯

永遠早起的史達博

隔日的天氣晴朗，陽光映照在他們臉龐，
昨天甚至累到忘了把窗簾拉上，
不過，原來不用鬧鐘而是被太陽曬醒是這種感覺。

梳洗完畢後，第二天的行程是去紅蘿蔔田摘採新鮮蔬菜。
他們抵達菜園時，看見了人山人海的遊客，
而紅蘿蔔幾乎被摘個精光。

難掩失落的三人，此時看到園長走了出來：
「我就知道你們會來這，昨天館長有交代，
　所以我特地留了一些菜圃給你們摘採。」

三人眼裡冒出了亮光，把蔬果簡單清洗後，
便迫不及待放入口中品嘗，
「好甜！太好吃了！」
史達博發出不可思議的驚嘆，
阿酷則已經在思考如何把紅蘿蔔做成下酒菜。

下午他們準備去拜訪瑞比。
瑞比的兒子彼得看到布魯斯相當開心，
才一年不見，彼得長高了不少，
但更讓他們驚訝的是規模龐大的紅蘿蔔工廠！

熱騰騰~

他們參觀了從準備材料到最後封裝的過程,
感覺相當奇妙,
瑞比則特地為他們準備了一桌美食,
雖然罐頭可以封裝美味,
但熱騰騰、手工製作的佳餚卻是無法取代的,
吃下去後,他們彷彿看到天使圍繞在身邊一樣,
連阿酷都想留下來向瑞比拜師學藝了,
不過由於行程緊湊,只能匆匆道別。

熱情揮手~

幾天下來，布魯斯已經向上次結識的朋友都打過了招呼，這才開始他們的全新旅程，也是最讓史達博期待的──紅蘿蔔溫泉！

因為是初次探訪，大家竟不小心在山裡迷路了，
最後靠著嗅覺敏銳的阿酷，
一路朝著硫磺味傳來的方向走，
才終於找到了溫泉地點。

「還有一區可以煮溫泉蛋和蘿蔔耶!」

沒想到溫泉區還有個特別的「煮食池」,
連布魯斯都發出了驚嘆聲,
還忍不住幻想著熱騰騰的紅蘿蔔。

興奮的三人簡單參觀後,便踏入了溫泉裡,
讓人驚喜的是,這裡還設置了冷泉,
企鵝先生們也是這裡的老主顧。

因為一整天都在走路,
泡溫泉正好可以舒緩痠痛。
阿酷舒暢地待在冷泉區,
布魯斯和史達博則將身子泡在溫泉裡,
簡直像來到了天堂一樣。

接下來幾天,他們繼續將旅遊書上的景點走遍,
即使腰痠背痛,仍然感到心滿意足。

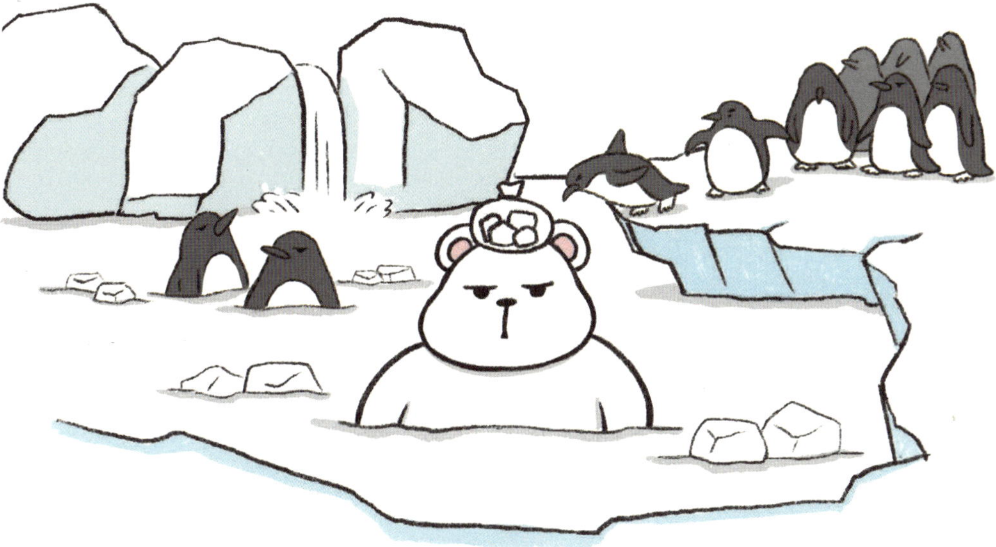

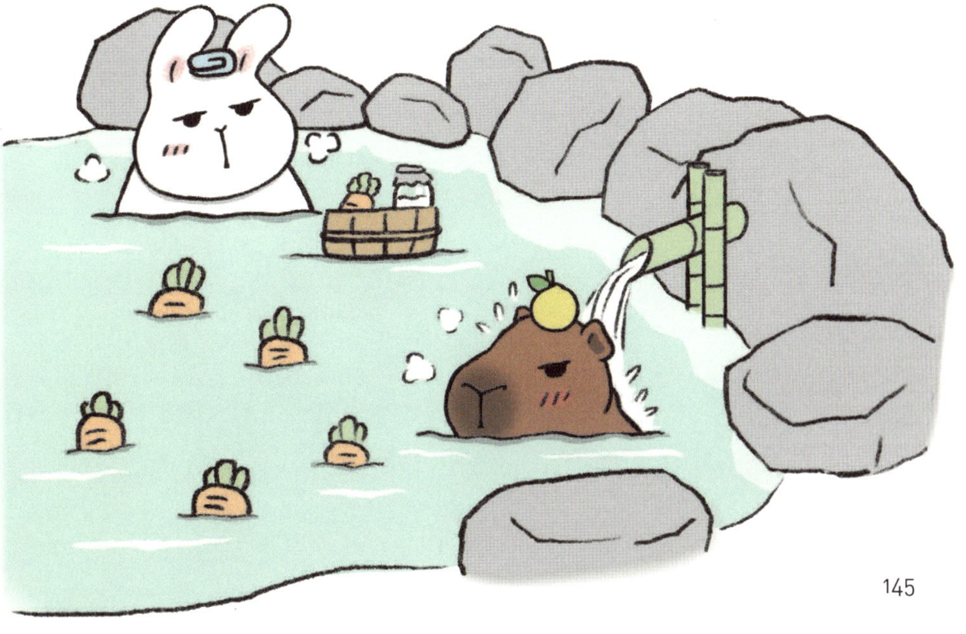

旅程結束前，細心的史達博特別提醒布魯斯，
別忘記博斯的小魚乾罐頭，
他們便趕緊到魚販購買。

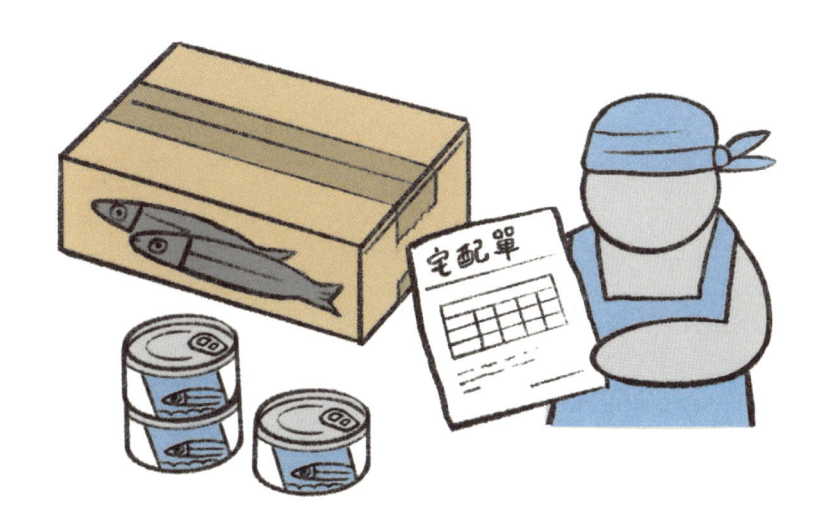

但為了不讓行李超重，魚販早就準備好了宅配單，他們也終於可以安心搭飛機返家了。

叮叮叮叮叮……鬧鐘再次吵醒布魯斯，
又回到熟悉的星期一。
他按掉鬧鐘，在床上看了看自己的手，是白色的。
布魯斯沒有多思考他身體變化的原因，
可能是友情力量、工作恢復穩定等，
但他唯一可以確定是，
他喜歡現在的自己，不再被壓力綁住了。

刷牙洗臉之後，布魯斯帶著伴手禮出門，
準備到公司和同事們一起分享。
他順便買了咖啡，到座位上開始今日的工作。
回歸工作崗位的布魯斯，突然覺得這次旅遊就像一場夢。

星期一

難得的微笑～

下班之後,晚上聚在白熊居酒屋的眾人,
聊起了這次的旅行。

「下次再一起去吧!」

大家已經開始期待下次出遊了,
而這也代表著布魯斯又要繼續開源節流、
好好工作才行。

不過,已經稍微懂得理財的他,
至少以後會漸漸擺脫月光族的生活(吧)。

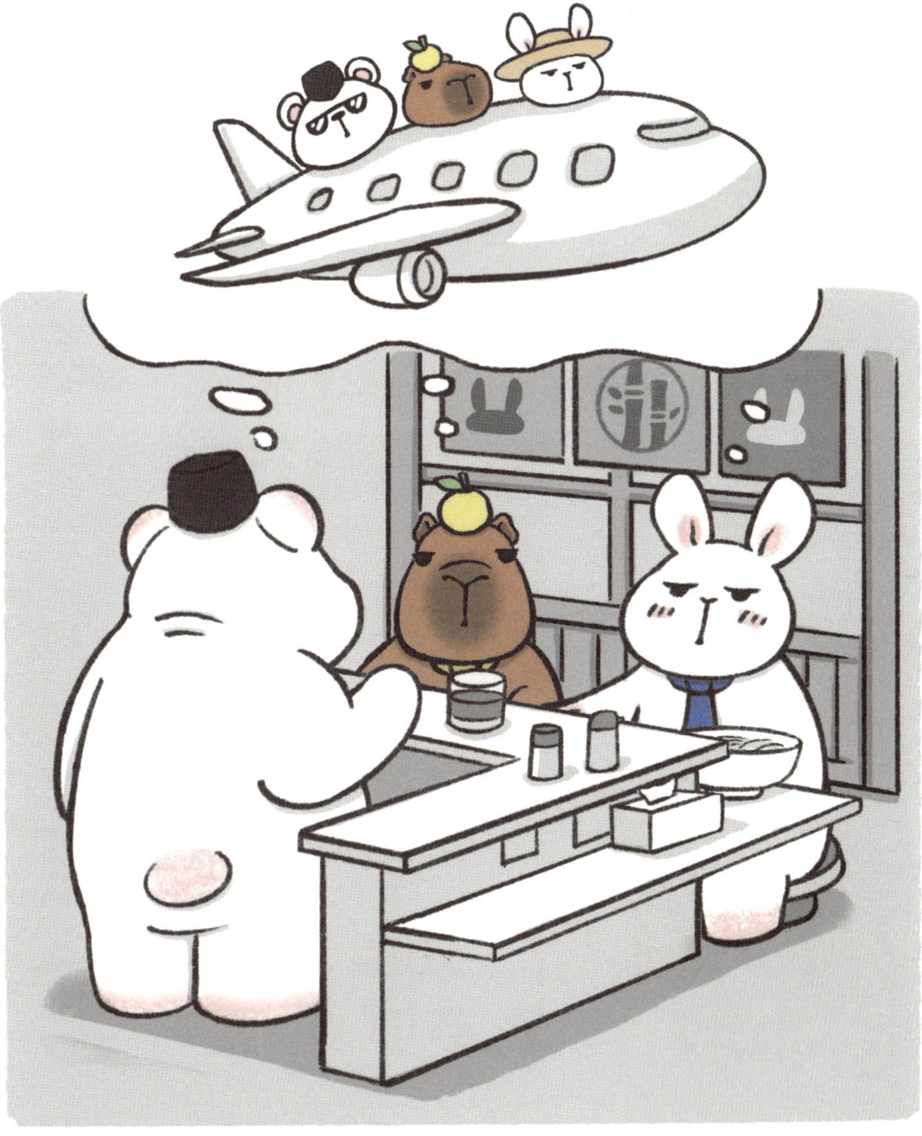

# 番外篇．

## 追星的日子

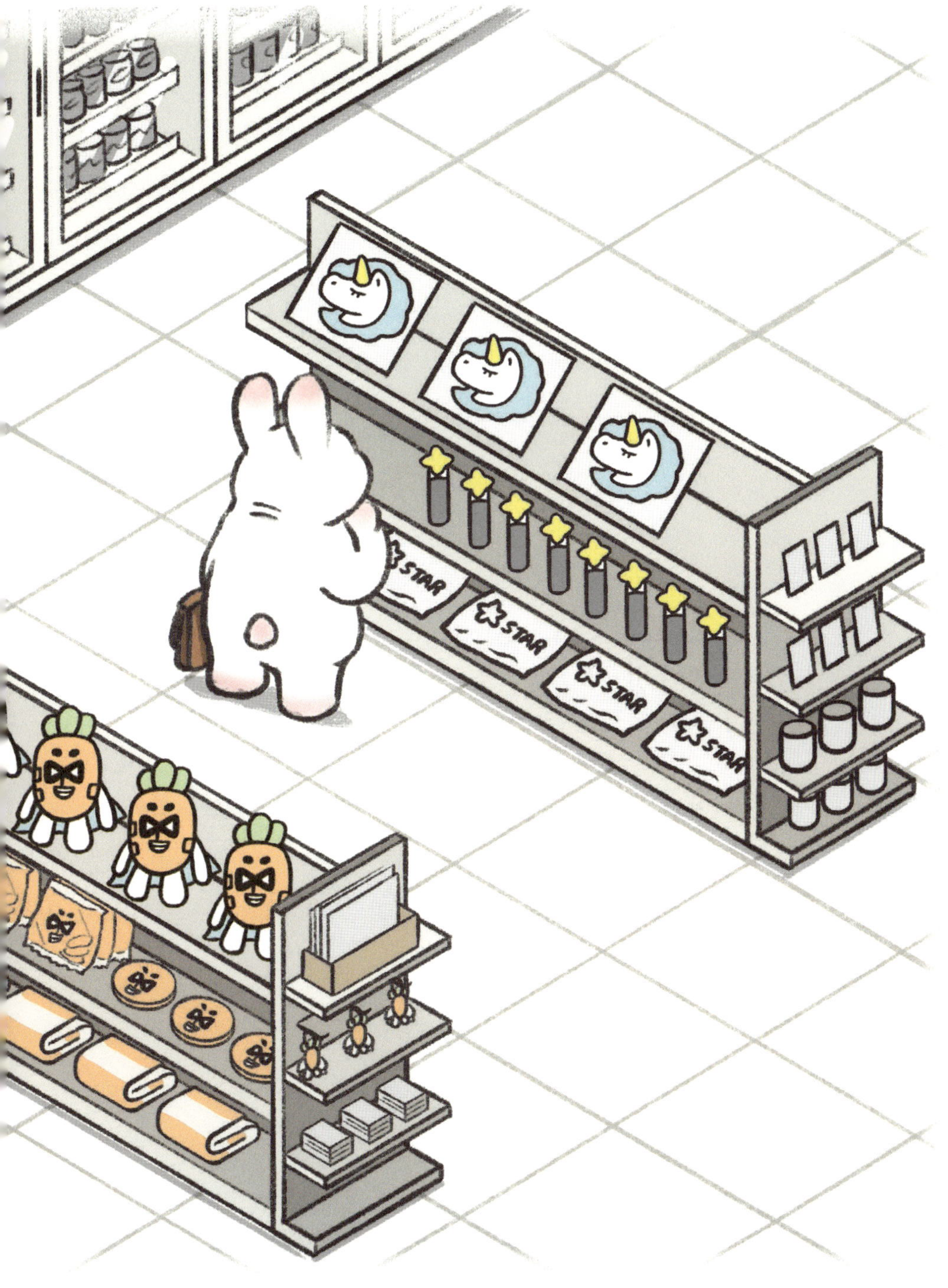
STAR
STAR
STAR
STAR

最近,布魯斯已經有好一陣子不再沉迷於手遊了。
但一到下班時間,布魯斯仍急急忙忙地趕回家,
究竟在忙些什麼呢?

布魯斯到家後,便迅速以熟練的姿勢準時開啟電視,
並拿起手邊的應援棒。

原來布魯斯最近迷上了新偶像
——獨角獸星星（Star），

作為唱跳歌手的獨角獸星星，還擁有俊美的長相，
受到不少男女老少的歡迎。

一整年的運動量已經達標。

對此，史達博與阿酷有什麼看法呢？
雖然他們一開始也很疑惑，
不過，因為經常聽布魯斯介紹星星和新歌的關係，
便不小心跟著入坑了。

雖然沒有布魯斯這麼沉迷，
但偶爾也會一起聽歌，更透過介紹星星的節目，
得知星星目前居住在「愛豆市」。
這也讓他們對下次的旅遊地點有了靈感。

看來布魯斯為了支撐自己的愛好跟興趣，
暫時仍然無法擺脫社畜生活呢……

# 上班N年後，永遠是明天的我更努力

作　　者｜Phoebe Fu 菲比
繪　　者｜星期一的布魯斯團隊

責任編輯｜李雅蓁 Maki Lee
責任行銷｜鄧雅云 Elsa Deng
封面裝幀｜謝捲子 Makoto Hsieh
版面構成｜譚思敏 Emma Tan
校　　對｜鄭世佳 Josephine Cheng

發 行 人｜林隆奮 Frank Lin
社　　長｜蘇國林 Green Su

總 編 輯｜葉怡慧 Carol Yeh
主　　編｜鄭世佳 Josephine Cheng
行銷經理｜朱韻淑 Vina Ju
業務處長｜吳宗庭 Tim Wu
業務專員｜鍾依娟 Irina Chung
業務秘書｜陳曉琪 Angel Chen
　　　　　莊皓雯 Gia Chuang
發行公司｜悅知文化 精誠資訊股份有限公司
地　　址｜105台北市松山區復興北路99號12樓
專　　線｜(02) 2719-8811
傳　　真｜(02) 2719-7980
悅知網址｜http://www.delightpress.com.tw
客服信箱｜cs@delightpress.com.tw
ISBN：978-626-7537-78-7
建議售價｜新台幣280元
初版一刷｜2025年04月
初版二刷｜2025年04月

國家圖書館出版品預行編目資料

上班N年後，永遠是明天的我更努力/ Phoebe Fu 菲比著；星期一的布魯斯團隊繪. -- 一版. -- 臺北市：悅知文化精誠資訊股份有限公司, 2025.04
160 面；14.8×18.5 公分
ISBN 978-626-7537-78-7 (平裝)

863.55　　　　　　　　　114001867

建議分類｜心理勵志、圖文

**著作權聲明**

本書之封面、內文、編排等著作權或其他智慧財產權均歸精誠資訊股份有限公司所有或授權精誠資訊股份有限公司為合法之權利使用人，未經書面授權同意，不得以任何形式轉載、複製、引用於任何平面或電子網路。

**商標聲明**

書中所引用之商標及產品名稱「星期一的布魯斯」均屬於原石創意國際有限公司所有，使用者未取得書面許可，不得以任何形式予以變更、重製、出版、轉載、散佈或傳播，違者依法追究責任。

**版權所有　翻印必究**

本書若有缺頁、破損或裝訂錯誤，
請寄回更換
Printed in Taiwan